Рената Муха
Ужаленный Уж

Иллюстрации Евгения Антоненкова

Москва
"Махаон"
2016

УДК 821.161.1-1-93
ББК 84(2Рос=Рус)6
  М92

Литературно-художественное издание

Детям до трёх лет

Серия «ВЕСЁЛЫЕ СТРОЧКИ»

Муха Рената Григорьевна
УЖАЛЕННЫЙ УЖ

Стихи

Ответственный редактор *Н. Н. Родионова*
Художественный редактор *О. В. Клявень*
Технический редактор *М. В. Гагарина*
Корректор *Т. С. Дмитриева*
Компьютерная вёрстка *И. А. Гортинская*

Подписано в печать 15.04.2016. Формат 90×60 $^1/_8$.
Бумага офсетная. Гарнитура «CooperMedium».
Печать офсетная. Усл. печ. л. 5,0.
Доп. тираж 3000 экз. D-PB-5020-08-R. Заказ 8452/16.

ООО «Издательская Группа «Азбука-Аттикус» —
обладатель товарного знака Machaon
119334, Москва, 5-й Донской проезд, д. 15, стр. 4
Тел. (495) 933-76-01, факс (495) 933-76-19
E-mail: sales@atticus-group.ru; info@azbooka-m.ru

Филиал ООО «Издательская Группа «Азбука-Аттикус» в г. Санкт-Петербурге
191123, Санкт-Петербург, Воскресенская набережная, д. 12, лит. А
Тел. (812) 327-04-55
E-mail: trade@azbooka.spb.ru; atticus@azbooka.spb.ru

ЧП «Издательство «Махаон-Украина»
04073, Киев, Московский проспект, д. 6, 2-й этаж
Тел./факс (044) 490-99-01
e-mail: sale@machaon.kiev.ua
www.azbooka.ru; www.atticus-group.ru

Отпечатано в соответствии с предоставленными материалами
в ООО «ИПК Парето-Принт». 170546, Тверская область,
Промышленная зона Боровлево-1, комплекс № 3А
www.pareto-print.ru

ISBN 978-5-389-01825-9

© Муха Р. Г., наследники, 2016
© Антоненков Е. А., иллюстрации, 2016
© Оформление.
   ООО «Издательская Группа «Азбука-Аттикус», 2016
   Machaon®

Знак информационной продукции
(Федеральный закон № 436-ФЗ
от 29.12.2010 г.)

СЛОНЁНОК

Семейство Слонов
Перепугано насмерть —
Слонёнок простужен:
И кашель, и насморк.
Лекарства достали,
Компрессы готовы,

Но где продаётся
Платок хоботовый?

ПРОВОДЫ

Спокойной походкой
Идёт по перрону
С большим чемоданом
Большая Ворона.
А рядом с Вороной,
Чуть дальше и сбоку,
Её провожает
На поезд Сорока.
И всё б это было
Совсем хорошо,
Если б их поезд
Куда-нибудь шёл.

СОВА

Всю ночь,
С темноты до рассвета,
На ветке
Сидела Сова.
И песню
Сложила про это.

А утром
Забыла слова.

ВЕРБЛЮД

Как-то раз
В пустыню Гоби
Шёл Верблюд
В ужасной злобе,

Он полдня
Шагал до Гоби
В диком гневе и тоске.
И полдня
Шагал по Гоби
В диком гневе, жуткой злобе.
И пришёл из Гоби —
В злобе,
Раздраженье
И песке.

ОДИНОКАЯ СВИНКА

По длинной тропинке
Немытая Свинка
Бежит
Совершенно одна.
Бежит и бежит она,
И вдруг
Неожиданно
У неё зачесалась спина.

Немытая Свинка
Свернула с тропинки
И к нам
Постучалась во двор.
И хрюкнула жалостно:
«Позвольте, пожалуйста,
Об ваш
Почесаться забор».

УЧЁНЫЙ

Один наш Учёный,
От всех по секрету,

Считал, что зима
Холоднее, чем лето.

Но как-то,
Гуляя зимой по аллее,
Он понял,
Что всё-таки
Лето
Теплее.

ГИППОПОТАМ

В семье у знакомого
Гиппопотама
Есть Гиппопопапа
И Гиппопомама.
Но вот в чём вопрос,
И достаточно тонкий:
А где остальные
Гиппопопотомки?

Спросить — неудобно,
Звонить — неприлично,
И всё это очень
Гиппопотетично...
И хоть не исчерпана
Данная тема,
Кончается
Гиппопопопопоэма.

УЖАЛЕННЫЙ УЖ

Бывают в жизни чудеса —
Ужа ужалила Оса.
Ужалила его в живот.
Ужу ужасно больно.
Вот.

А доктор Ёж сказал Ужу:
«Я ничего не нахожу,
Но всё же, думается мне,
Вам лучше ползать
На спине,
Пока живот не заживёт.
Вот».

СЕМЕЙНАЯ ДРАМА

В семье Осьминогов ужасная драма:
За завтраком ссорятся Папа и Мама,
А бедные дети стоят на пороге
И просят родителей взять себя в ноги.

КОРОВА

Рано утром,
В полвторого,
В полдень
К нам пришла Корова.
И, не вымолвив ни слова,
Молчалива и строга,
Прошептала мне сурово:
«Молока не пей сырого».
Постояла
И ворота почесала о рога.

ТАРАКАН

Жил в квартире Таракан,
В щели у порога.
Никого он не кусал,
Никого не трогал,

Не царапал никого,
Не щипал,
Не жалил,
И домашние его
Очень уважали.

Так бы прожил Таракан
Жизнь со всеми в мире.
...Только люди завелись
У него в квартире.

КРОКОДИЛОВА УЛЫБКА

Вчера Крокодил улыбнулся так злобно,
Что мне до сих пор за него неудобно.

КОЛЫБЕЛЬНАЯ

Всё в городе стихло,
Все лампы погасли,
Уснули кино,
Магазины
И ясли.
И только по рельсам
Со звоном,
Зевая,
Ползут,
Извиваясь,
Ночные
Трамваи.

НА ОСТРОВЕ

Человек-1

Жил Человек на острове в печальном одиночестве. Детей не знал по имени, но вспоминал по отчеству.

Человек-2

Жил Человек полнеющий,
А так вообще — вполне ещё.

Человек-3

Жил Человек с бородой и усами —

А остальное придумайте сами.